Ralf Neubohn

Carmen Neubohn

Michael Kerawalla

Gartenschau-Magie

Ralf Neubohn

Carmen Neubohn

Michael Kerawalla

Gartenschau-Magie

Bibliografische Information der Deutschen Nationalbibliothek
Die Deutsche Nationalbibliothek verzeichnet diese Publikation in
der Deutschen Nationalbibliografie;
detaillierte bibliografische Daten sind im Internet
über www.dnb.de abrufbar.

Herstellung und Verlag: BoD – Books on Demand, Norderstedt

ISBN: 978-3-7494-8636-6

Inhalt

Vorwort des Herausgebers Ralf Neubohn

Die ersten neun Bände der Gartenschau Trilogie behandelten hauptsächlich die wunderbaren, unvergesslichen Gartenschauen an Rems und Neckar.

Der heutige zehnte Band fügt sich stellenweise in die bisherigen Schauplätze ein. Viele Texte handeln aber von mythischen Gartenschauen des tiefsten Altertums, von Gartenschauen in der fernen Zukunft und wer weiß, vielleicht auch von solchen auf Parallelwelten in fernen Galaxien. Diese alle haben natürlich nicht die geringste Ähnlichkeit mit den Blumenparadiesen aus der Jetztzeit. Aber gerade darum sind sie besonders originell und lesenswert.

Viel Spaß beim Lesen der realen und der mehr oder weniger mythischen Gartenschauen.

Ihr Ralf Neubohn

Ralf Neubohn

Die Kletteranlage

Wie jeder weiß, ist die Kletteranlage auf der Gartenschau sehr hoch. Wie hoch genau, ist sehr umstritten. Die einen meinten bisher 10 Meter, andere 100 Meter und ganz besonders kecke Optimisten sprachen von berghoch. Sie wurden daraufhin von den anderen ausgelacht. Aus Ärger darüber forderten die Optimisten zu einer Wette auf.

An einem sonnigen Tag bestiegen auf dem Gartenschaugelände die Wettparteien mit Bergsteigerausrüstung die Kletteranlage. Es ging pausenlos höher und höher. Und immer wenn die Teilnehmer der Kletterexpedition dachten, sie hätten das Ende erreicht, musste noch steiler hinaufgeklettert werden. Inzwischen stiegen sie durch die Wolkenschicht hindurch, sahen Gämsen und Schneeleoparden. Die Luft wurde dünner und noch immer das Ziel nicht in Sicht. Dafür aber der Yeti. Durch diesen Schreck ging es wesentlich schneller vorwärts. Kondore umkreisen sie, aber der Gipfel lag noch weit entfernt.

„Das ist doch der Gipfel! Wo ist denn bloß der Gipfel?", dachten die Leidgeprüften, während sie weiter kraxelten. Mittlerweile durch Schnee- und Eisschicht. Alle bereuten die Wette inzwischen. Aber niemand wollte sich eine Blöße geben. Der nächste Schreck kam, als es an den griechischen Göttern vorbei noch weiter hinauf führte. Was würde wohl oben auf dem Gipfel sein? Sie holten einen Bergsteiger mit Sauerstoffausrüstung ein und erreichten endlich in sehr, sehr dünner Luft die Spitze der Kletteranlage. Dort pflückte einer der Optimisten ein Edelweiß und rief erfreut: „Na, wer hat die Wette gewonnen? War doch wohl mehr als 100 Meter, oder?"

Die Kommentare der Verlierer wollen wir an dieser Stelle lieber nicht wiedergeben.

Helden

Griesbert sah dem Treiben auf der Skateranlage höhnisch lächelnd zu. „Das sollte Sport sein! In seiner Jugend wurde noch richtiger Sport getrieben!" Ein paar Mädchen schauten ihren gleichaltrigen Freunden zu, die ein Kunststück nach dem anderen vollbrachten. Sie riefen anfeuernd: „Auf geht es Jungs! Zeigt im Höllentrichter was ihr könnt!"

„Pah!", dachte Griesbert. „Von wegen Höllentrichter! Das ist eine ganz harmlose Skateranlage. Denen werde ich es zeigen, was ein echter Mann kann." Gesagt, getan. Er kaufte sich in einem Sportgeschäft ein Skateboard und trug es überheblich lächelnd zur Anlage. Ein Jugendlicher rief: „He, Alter! Pass auf! Hier geht es krass zu! Echt schnell!"

„Alter", durchzuckte es Griesbert. „Dem werde ich zeigen, wer von uns beiden gleich alt aussehen wird!"

Mit einem dynamischen Anlauf startete er im Trichter und bekam schnell ein irrsinniges Tempo drauf. Wegen der Schräglage konnte nicht abgebremst werden. Was tun? „Mist! Worauf habe ich mich bloß eingelassen?", dachte er, bevor es ihn mit einem grandiosen Schwung aus der Skatgeranlage schleuderte. Während des ungewollten Fluges schoss es ihm ängstlich durch den Kopf: „Wenn ich das bloß überlebe!"

Die Landung glückte überraschend gut, von einigen leichteren Verletzungen abgesehen. Die Jugendlichen applaudierten ihm voller Begeisterung und forderten eine Zugabe. Doch daraus wurde nichts. Unser Held hinkte schwer angeschlagen nach Hause und schwor sich: „Alter, bleib bei deinen Leisten, also dem Lehnstuhl!"

Der Besucher

Die Gartenschau nahm ihren Gang, von nah und fern reisten Besucher an und kehrten von ihr begeistert wieder nach Hause zurück. Der Erfolg sprach sich so schnell herum, dass die Gäste von immer ferneren Orten kamen.

Wie staunten die Waiblinger, als sie eines Tages am Bahnhof den weitgereistesten Besucher sahen! Er kam von einem sehr fernen Land und eilte im Rekordtempo die Bahnhofsstraße hinab, direkt auf das Gartenschaugelände. Dort verweilte der Unbekannte mehrere Tage und sah sich zufrieden alles an. Fernsehen, Radio und Zeitungen bestürmten den seltenen Gast, um ein paar Worte zur Gartenschau zu hören. Leider verstand niemand den Dialekt des Besuchers. Kinder liefen ihm jubelnd hinterher, Mädchen machten begeistert Fotos, ein großer Trubel umbrandete den Ferngereisten. Alle fragten sich, woher er nur von der Gartenschau wusste? Berichteten in so fernen Ländern die Medien von unserer Gartenschau? Konnte wirklich jemand so naturlieb sein und extra soweit fahren? Eines Tages erfolgte die Antwort: Das australische Känguru nahm aus seinem Beutel sämtliche auf Englisch übersetzte Bände der Gartenschau Trilogie, blätterte darin und hoppelte erst zum See und sah die ihn betreffenden Texte durch, eilte danach in großen Sprüngen zur Kunstlichtung und las dort die diesen Ort betreffenden Geschichten. Ludwig Lesi-Les, der dort gerade eine Lesung hatte, wurde per Handschlag vom Känguru begrüßt und um ein Autogramm gebeten. Nach der Lesung hoppelte das Känguru zufrieden weiter. Wenn Sie also eines Tages auf dem Gartenschaugelände ein Känguru sehen, ist es keine Fata Morgana, sondern nur unser australischer Gast.

Die Orakel von der Rems

Auf dem Gelände der Gartenschau liegen auch die historischen Orakel-plätze, die jährlich hunderttausende von Pilgern anlocken. Seit der Antike ist der stetige Strom von Ratsuchenden nie verebbt.

Die Orakel befinden sich an fünf verschiedenen mythischen Orten. Am Waiblinger Hallenbad befindet sich bekanntlich der verwunschene, unheimliche See Bächlin, aus dem Nessie auftaucht, sobald Unheil droht.

Auf dem See schwimmen auch viele Schwäne und Enten aus deren Flug ein alter Pontifex Maximus namens Julius C. Omen herausliest. Er ist einer der bekanntesten Auguren und stammt noch aus der Römerzeit.

Wer aber nun eher dunkle Geheimnisse hat und Rat sucht, begibt sich um Mitternacht zur Wegkreuzung am See, bei welcher die Trauerweiden tief die Äste hängen lassen. Diese hängen so tief, da das Wissen was an dieser Stelle schon alles schaurige geschah, die Weiden belastet. Und weil die mythische Atmosphäre schwer auf der Gegend liegt. Drei aus Shakespeares Werken bekannte Hexen treiben dort ihr Unwesen und murmeln dunkle Orakelsprüche, die so manchen unglücklich machten. Wanderer, weiche von dannen!

Wer sich lieber von den alten Ureinwohnern den keltischen Druiden oder von alten Inkamedizinmännern weissagen lassen will, der begebe sich zu den alten Ritualplätzen, die an der Rems verstreut liegen.

Bei den versteckten Steinkreisen und heiligen Hainen der Kelten sagen alte Zauberer wahr. Es wurde dort auch schon mehrfach Merlin gesehen!

Die magischen Orte der Inkas sind in den Wäldern an der Rems verborgen. Wer sich hier weissagen lässt, sollte nicht über Kopfschmerzen klagen, denn die Inkas sind für ihre Freude an Kopfoperationen bekannt.

Das mystische Gelände

Die Gartenschau befindet sich auf sehr geschichts- und sagenträchtigem Gelände. Wo in Waiblingen einst das Schloss Camelot stand, steht heute das Waiblinger Rathaus. Unter diesem befindet sich noch heute der alte Schlosskeller, wo einst König Arthus und seine Ritter fröhliche Feste feierten. Von Camelot aus beschützten sie auch die riesige Fischereiflotte, die in der Rems Lachse fing. So viele Lachse, dass heute die Rems frei von Lachsen ist. Auf dem ganzen Gartenschaugelände bis kurz vor Schwäbisch Gmünd, wo einst die Gralsburg stand, zogen die Ritter zu wilden Abenteuern aus.

Auf verschiedenen Seen im Umkreis z.B. beim Waiblinger Hallenbad kann man noch heute um Mitternacht Schwäne sehen, die ein Boot übers Wasser ziehen, in dem Lohengrin und König Ludwig II. von Bayern sitzen. Oft wird auch das kleine Schiff gesehen, mit dem Feen den tödlich verletzten König Arthus in Sicherheit brachten.

Beliebt bei den Besuchern der Gartenschau ist die Remsterrasse. Vermutlich nach Vorbild der Brühlschen Terrasse in Dresden gebaut. Gelegentlich beschleicht einen das Gefühl, dass in Kürze sächsische Könige und ihre Hofleute darüber schlendern werden.

Überhaupt, zum gemütlichen Schlendern bietet sich das Gelände der Gartenschau an. Jede der teilnehmenden Städte hat besonders schöne Orte zur Verfügung gestellt und das Ganze wird gekrönt von Veranstaltungen der verschiedensten Art, z.B. Lesungen auf der Kunstlichtung und am See beim Waiblinger Hallenbad. Das alles und noch viel mehr muss man gesehen und erlebt haben. Es lohnt sich!

Stonehenge in der Talaue

Immer wieder wundern sich Besucher der Gartenschau, warum beim Dunkelwerden Elfen, Einhörner und andere magische Geschöpfe sichtbar werden. Dies liegt daran, dass einst auf der Talaue Schamanen einen heiligen Hain hatten. Nachdem dieser durch häufige Überflutungen durch die Rems zu starken Schaden nahm, bauten dort später Druiden den größten Steinkreis der Welt, Stonhengle dela Schwabia. Aus allen Ländern kamen Kranke und Ratsuchende hierher, um sich helfen zu lassen. Doch wie bei vielen Auengebieten gab der Boden mit der Zeit nach und der Steinkreis versank allmählich. Englische Magiere, die hier zu Besuch weilten, bauten später in England eine kleinere Kopie nach, die sie Stonehenge nannten. Doch die inzwischen heimatlosen Druiden, Elfen und anderen magischen Geschöpfe der Talaue führten lange ein rastloses Dasein, bis zur Gartenschau die Kunstlichtung in Form eines heiligen Haines errichtet wurde. Vor allem wenn dort abends Lesungen sind, können Lesungsbesucher im Schatten der Bäume Zuhörer aus anderen Zeiten schemenhaft sehen.

Spaziergang

Herr Wulf Wuffig ging zum wiederholten Male mit seinem Hund über das wunderschöne Gartenschaugelände spazieren.

Von den schönen Remsterrassen liefen sie zum herrlichen Gelände beim Hallenbad. Herr Wuffig bewunderte genüsslich die Skateranlage, in der sich die jugendlichen höchste sportlich betätigten. Während er mit seinem Hund über den renovierten Gehweg in Richtung Rundsporthalle weiterlief, freute sich Herr Wuffig schon auf dem Rückweg am Kletterpark vorbeizukommen.

Denn dort turnten junge Menschen unermüdlich herum. Ein bewunderungswürdiger Anblick.

Auf der Rems schossen Paddelboote an ihm vorbei. „Ja," dachte er. „Für das Sportangebot wurde auf der Gartenschau viel getan. Dazu die vielen schönen Blumenbeete, was will man mehr?" Und doch schien ihm eine Kleinigkeit zu fehlen. Das I-Tüpfelchen sozusagen. Da ertönte von der Kunstlichtung her eine so schöne Lesung, dass sogar sein Hund die Ohren spitzte. Als sie eine Weile später zu Ende ging, liefen Herr und Hund zufrieden bis zur Rundsporthalle und von da aus über den Kletterpark zurück. Plötzlich erklang vom See her eine wunderbare Musik. Voller Begeisterung eilten sie zu den faszinierenden Klängen und eine große, innere Befriedigung überkam beide. Blumen, Sport und auch noch Kultur. Besser konnte keine Gartenschau sein.

Voller Dankbarkeit kehrten Herr Wuffig und sein vierbeiniger Begleiter heim.

Die literarische Forschungsreise

Alle Welt kannte den berühmten Autoren Ludwig Lesi-Les. Der Ausdruck „bekannt wie ein bunter Hund" traf genau auf ihn zu. Dennoch verkauften sich seine sehr originellen Bücher sehr schlecht. Vielleicht weil sie für den Geschmack der breiten Masse zu anspruchsvoll geschrieben waren, vielleicht auch weil bekanntlich der Prophet nichts im eigenen Lande zählt.

Wie dem auch sei, für sein neuestes Buch bereiste er in Gesellschaft des Lawrence von Waiblingen eine große, ungeheuer dürre Wüste. Nichts als trostlose Leere, nur ganz selten tauchte ein Kaktus oder Geier auf.

Als Ludwig Lesi-Les für sein vorheriges Buch die Gegend der Niagarafälle besuchte, konnten seine Augen sich kaum an allen Naturschönheiten sattsehen. Jetzt hingegen fielen ihm in der sehr wüsten Wüste vor Langweile immer wieder die Augen zu.

Als er sie mal wieder öffnete, stand sein Herz schier still vor Grauen! Es konnte doch einfach nicht wahr sein! Die schon vorher sehr öde Gegend präsentierte sich plötzlich noch viel trostloser! Kein einziger Kaktus, nicht mal ein Geier! Er fragte vor Angst bebend: „Was ist geschehen? Wo sind wir hier?"

Lawrence erwiderte beruhigend: „Keine Angst. Wir sind noch immer in der relativ harmlosen Wüste. Was wir gerade sehen, ist eine Fata Morgana. Nämlich die von einem Gartenschaugelände in X."

Erleichtert atmete Ludwig Lesi-Les auf, vergaß den großen Schreck aber nie. Weswegen er Lesungen im Ort X stets ablehnte und lieber nach Klein-Sibirien oder in die ländliche Tundra fuhr.

Eigentlich

Eigentlich wollte ich nur kurz ein paar Sätze zum Thema Gartenschau schreiben. Schnell und ohne großen Zeitaufwand rasch ein Lob aussprechen.

Ja, eigentlich…

Viele Autoren unter meinen Lesern werden die Alarmglocken schrillen hören. Nur kurz und schnell ein paar Zeilen aufs Papier bringen zu wollen, ist meist der Beginn zu langer, harter Arbeit. Die Hoffnung rasch was zu erledigen, ist nicht selten eine Art Selbstbetrug, ohne welchen das eine oder andere Schreibprojekt nicht in die Gänge gekommen wäre. Und so will der Autor nur noch dieses zusätzlich kurz ansprechen, jenes nebenbei ergänzen und unversehens wächst und gedeiht das Buch. Wird unbemerkt dicker und dicker, muss schließlich in mehrere Bände aufgeteilt werden und der Autor merkt zu seinem Schrecken, dass er noch lange kein Ende sieht. Noch so vieles muss ins Buch kommen.

So geht es vielen von uns des Öfteren. Mit der Gartenschau-Trilogie lief es ähnlich. Es sollten eigentlich nur drei Bände werden. Drei Bände sind schließlich mehr als genug, um alles Wesentliche zu behandeln.

Dachte ich…

Ach, man denkt so vieles. „Herzlich willkommen Gartenschau", „Gartenschau Phantasie" und „Abschiedsvorstellung für die Gartenschau" gerieten in eine derartige Dicke, dass sie mehrfach in viele weitere Bände aufgeteilt werden mussten. Schließlich lag es klar vor Augen: Aus den drei Bänden entstehen acht Bände. Acht Bände!

Und mir fiel noch so viel Erzählenswertes ein! Von der Rems-terrasse, der Kunstlichtung usw. Schließlich beschlich mich der leise Verdacht, dass es auch nicht bei acht Büchern sein Bewenden haben würde. Schon lächelten mich die Zahlen neun und sogar zehn versteck an. Oh, weh!

Es kam dann, wie es wohl kommen musste, wie es mir schon vorher hätte klar sein können: Voller Begeisterung schrieb ich viele Monate lang an den Bänden und noch immer ist kein Ende in Sicht! Noch so viel Anerkennendes will noch KURZ erwähnt sein. Zuweilen denke ich: Eigentlich wäre es manchmal gut, kein Autor zu sein. Aber dann ermahne ich mich selber streng: Wenn etwas wie die Gartenschau so herausragend gut ist, MUSS es auch mit allen Kräften unterstützt werden.

Der Alleskönner

Die drei jungen Freunde Karl, Ludwig und Bert liefen über das schöne Gartenschaugelände. Karl und Ludwig bewunderten die Anlage sehr. Die Blumen, aber auch die durchgeführten Baumaßnahmen. Z.B. die Remsterrassen, die renovierten Gehwege. Nur Bert fand an allem etwas auszusetzen und meckerte pausenlos. Die neue Skateranlage gefiel ihnen sehr gut und die vielen Kunststücke welche die Jugendlichen dort machten noch mehr.

Nur Bert fand, dass er viel bessere Kunststücke könne, nur leider habe er seine Skaterausrüstung irgendwo verloren. Als sie bei einer Lesung an der Kunstlichtung vorbeikamen, hörten sie dem gelungen Texten einer jungen Autorin begeistert zu, bevor sie weitergingen. Bert meinte, dass er viel besser schreiben und vorlesen könne. Aber für sowas habe er keine Zeit.

Am Kletterpark angelangt sahen sie Kinder und Jugendliche, die mit einer unglaublichen Geschwindigkeit sich in großen Höhen bewegten. Bert sagte abschätzig: „Pah, sowas ist doch für einen echten Profi wie mich ein Klacks. Was ist denn da schon dabei?" Karl reichte die dauernde Angeberei von Bert und er rief zornerfüllt: „Dann zeig es uns jetzt. Wo ist das Klettergenie Bert?"

Dieser schluckte, schaute angstvoll in die große Höhe. Sollte er sich eine Blöße geben und kneifen? Da inzwischen auch Ludwig stichelte, kletterte er nun doch angstbebend in die Höhe. Ganz oben angelangt, bekam er dermaßen Höhenangst, dass er sich zitternd anklammerte und den Rückweg nicht wagte. Wie eine Katze auf dem Baum. Ludwig sagte zu Karl: „Sollen wir den Angeber obenlassen und allein die schöne Gartenschau ansehen? Bert verdirbt uns doch nur den Tag."

Karl überlegte lange: „Na ja, besser wäre es schon ihn obenzulassen. Aber andererseits bekäme ich ein schlechtes Gewissen."

„Oh, nein! Sollen wir uns echt weiter den Tag verderben lassen? Er meint ja alles besser zu können als andere, soll er doch allein runterklettern."

So diskutierten sie sehr lange, während Bert laut um Hilfe zu schreien begann. Nach einer Weile kam die Feuerwehr, holte Bert wie ein Kätzchen aus der großen Höhe herab und lachte sich dabei kaputt. Zu Karl und Ludwigs Freude ließ Bert den ganzen restlichen Tag nichts mehr von sich hören und lief stumm neben ihnen her. „Wenn es nur immer so wäre", dachte Ludwig. Er seufzte aus tiefstem Herzen.

Die Katze

Bei einer der Gartenschauen lief ich eines Abends im Dunklen spazieren und kam dabei über eine schwarze Katze zu Fall. Schwarze Katzen bringen ja bekanntlich Unglück, wenn sie einem über den Weg laufen.

Wenn man über sie stolpert erst recht. Ich weiß nicht, wer mehr erschrocken war: Ich beim Stürzen oder die arme Katze, als sie ein langhaariges Etwas über sich fallen sah. Wie dem auch sei: Katzen haben bekanntlich sieben Leben und ihr geschah deshalb nicht viel.

Ich schlug mir den Kopf an einem Baum an und bekam zwei sehr, sehr große Beulen.

Als mich später ein paar Spaziergänger sahen, ein haariges Ding mit zwei Hörnern, riefen sie entsetzt:
„Ein grausiger Wolpertinger!"
„Nein, ein schrecklicher Yeti!"

Nun wissen die geneigten Leser, wie die Legenden über Yetis und Wolpertinger wirklich entstanden.

Mysteriöses Ereignis

Während der Gartenschau hatte die an der Rems gelegene Buchhandlung Thörchen Wotanli ein schönes Schaufenster, speziell für die Gartenschau liebevoll gestaltet.

Doch eines Nachts brach dort ein unglaublicher Frevler ein! Dieser begann sämtliche Bücher aus dem Schaufenster in eine Altpapiertonne zu werfen. Da er von der schweren Arbeit hungrig wurde, ging er wenige Meter zu seinem Fast Food Stammlokal und kaufte sich dort mit seiner goldenen Kundenkarte einen reichhaltigen Imbiss, den er dann kurz darauf im Schaufenster der Buchhandlung schlemmte.

Allerdings bekam ihm das Essen gar nicht, so dass er gegenüber der Buchhandlung in eine Apotheke ging, die gerade Nachtdienst hatte. Dort holte er sich mit einem paar Tage alten Rezept seines Hausarztes ein verschreibungspflichtiges Magenmittel.

Dies nahm er dann ins Schaufenster zurückgekehrt ein, bevor er weiter dort ausräumte.

Ein örtlicher Lesungsveranstalter kam vorbei, ertappte ihn auf frischer Tat und eilte zu einer Telefonzelle, um die Polizei anzurufen. Da es in dem betreffenden Ort allerdings nur noch wenige Telefonzellen gab, dauerte es sehr lange, bevor er eine fand.

Wie der Lesungsveranstalter der Polizei mitteilte, kannte er den Täter nicht, sah diesen vorher noch nie.

Dieser rätselhafte Anonyme legte inzwischen das nun völlig leere Schaufenster mit Werbezetteln und Büchern des örtlichen Buchautoren Ludwig P. Lesi-Les aus, welcher unter dem weiblichen

Pseudonym Carolale Lesebärlinchen Natur- und Gartenschaubücher schrieb.

Beim Aufhängen von Fotografien der bärtigen Lesebärlinchen verletzte sich der völlig Unbekannte so schwer, dass er stark blutend fliehen musste. Auf der Flucht verlor der geheimnisvolle seinen Führerschein und hinterließ eine lange, ununterbrochene Blutspur. Bis heute gibt es keinen Anhaltspunkt, wer der Täter gewesen sein könnte.

Ein wahrhaft mysteriöses Ereignis.

Das unbeschreibliche Grauen

Berta Babbelbergle lief eines morgens zum Bäcker. Auf dem Weg fiel ihr eher unbewusst auf, dass irgendwas anders als sonst war. Ihre ohnehin schon schwache Beobachtungsgabe lag morgens noch viel mehr im Argen als am restlichen Tag.

Langsam bemerkte sie aber doch die Unterschiede: Die Leute liefen mit Trauerflor am Arm herum, die öffentlichen Gebäude hatten die Flaggen auf halbmast und aus manchen Häusern hingen schwarze Trauerfahnen. Es musste also irgendwas unbeschreiblich Schreckliches geschehen sein. Starb vielleicht eine bekannte Persönlichkeit? Nein, das konnte es nicht sein. Denn das Bedauern meist ein paar Menschen, aber die meisten Leute reagieren nicht groß auf sowas. Es musste also noch viel grauenerregender sein, geradezu entsetzlich! Eine Steuererhöhung? Nein, das wäre vorher wochenlang diskutiert worden und somit schon lange bekannt. Von fern sah sie an einem Zeitungs-kiosk Tageszeitungen mit schwarzen Trauerrand. Doch standen so viele Leute Schlange danach, dass sie lieber nach dem Bäcker-besuch heimlief. Im Briefkasten fand Berta Babbelbergle einen Brief mit Trauerrand. „Aha!", dachte sie. „Jetzt weiß ich gleich was so Furchtbares geschehen ist!" Nervös, mit zitternden Fingern öffnete sie den unheilverkündenden Brief und las ihn. Sie war auf Schreckliches gefasst gewesen. Doch die Wahrheit übertraf alle düsteren Ahnung. Vor Schock schrie Berta auf und ließ den unsagbaren Brief fallen.

Dieser teilte ihr mit, dass zur Eröffnung der Gartenschau der grauen-erregendste Autor der Region öffentlich vorlesen durfte. Ludwig P. Lesi-Les der Schrecken aller schlaflosen Nächte auf der Garten-schau! Vor Grauen sank Berta in wohltuende Ohnmacht.

Carmen Neubohn

Vom Entlein zum Schwan

Bevor man in die Stadt kam, wurde dem Besucher bewusst, was da auf ihn zukommen würde. Schon am Ortseingang hingen Blumengirlanden über der Straße und begrüßten so die Ankömmlinge und hießen sie herzlich willkommen zur Gartenschau.

Die Einwohner hatten ihre Stadt, die sonst nicht sehenswert war, in ein Blumenmeer getaucht. Überall standen Blumentöpfe in großer und kleiner Form. Es keimte und sprießte, wo man auch hinsah. Die Besucher staunten Bauklötze, zumindest diejenigen, die zum ersten Mal hier waren. Denn es gab auch welche, die in dieser Stadt geschäftlich zu tun hatten oder Verwandte oder Freunde besuchten.

Die Letzteren wurden aufgefordert zu kommen, um sich dieses Ereignis nicht entgehen zu lassen. Man musste sie ja teilweise nötigen zu kommen.

Heinrich und Ella gehörten dazu. Nachdem ihre Freunde sie Monate vorher auf die Gartenschau vorbereiteten, waren beide noch nicht in der Lage, ihre Freunde das Ehepaar Wiesel zu besuchen. Zu groß war der Schrecken des letzten Besuchs.

Heinrich und Ella lernten ihre Freunde, die Wiesels, während des Studiums kennen. Danach zogen Heinrich und Ella gen Norden, die Wiesels, vornehmlich als Hajo und Ilka, in die gegensätzliche Richtung, in den Süden. Alle vier hatten Botanik und Weinbau, beziehungsweise Forstwirtschaft studiert. Aber man besuchte, schrieb sich SMS oder E-Mails, jedenfalls, man verlor sich nicht aus den

Augen. Beim letzten Besuch waren die Wiesels schon das dritte Mal umgezogen, in die hässlichste Stadt, die Heinrich und Ella je gesehen hatten. Und jetzt hatte diese Stadt die beste Gelegenheit sich herauszuputzen.

Wie schon geschrieben, als die Beiden ihre Freunde seinerzeit besuchten wurde ihnen eine Stadtführung zu teil. Beide schüttelten nur den Kopf über die hässlichen Bauwerke und auch die Straßen waren ziemlich marode. Auch gab es kein Denkmal, das sehenswert gewesen wäre. Nicht einmal das Rathaus fand ihre Begeisterung, auf das die Einwohner stolz waren.

„Tut mir leid", meinte Heinrich zu seinen Freunden, als die sahen, wie enttäuscht ihre Gäste waren, „das ist und war die hässlichste Stadt, die wir je gesehen haben. Also wenn wir wieder kommen sollen, dann muss hier einiges passieren".
„Ihr habt ja Recht", gab Ilka zu, es ist nicht gerade schön hier. Aber vielleicht bekommen wir einmal die Gartenschau hierher. Das wäre toll."

Nun, jetzt war es soweit. Auf mehrmaligen Drängen kamen nach drei Monaten Heinrich und Ella endlich zu Besuch. Die Beiden staunten nicht schlecht. „Hei, das ist ja der Wahnsinn. Wurde hier einiges erneuert oder was ist hier passiert? Alles sieht wie neu aus!", staunte Heinrich.
Und Ella fügte hinzu: „Das muss ja ein Riesenloch in Euer Stadtsäckel gerissen haben." Zufrieden zeigten Hajo und Ilka, die Häuser, Denkmäler, Rathaus. Ihre Gäste kamen aus dem Staunen nicht mehr heraus. An jedem, aber auch jedem Haus, wuchsen Wildrosen, Efeu und andere Ranken. Es sah toll aus.
„Jetzt kommt das Beste", versicherte Hajo, „kommt. Unser Park!" Stolz führten Hajo und Ilka ihre Besucher dorthin. Dort

angelangt blieb ihnen der Mund vor Staunen offen. „Gell, das habt Ihr nicht erwartet." Hajo zeigte mit der Hand über das Gelände. „Wisst Ihr noch, was hier mal war?", fragte er die beiden. Heinrich und Ilka mussten lange überlegen. „Da war doch ein Gelände mit wilden Gewächs, Unkraut und Ähnliches."

„Richtig. Das wurde alles plattgemacht. Die Stadt hat ja einen großen Betrag dafür von der Landesregierung bekommen. Das wurde in die Restaurierung der Häuser, Denkmäler, maroden Straßen und für diesen Park verbraucht. Man hat alles in diese Gartenschau gesteckt." Zusammen zogen sie los, um den Park näher in Augenschein zu nehmen. Ihnen wurde ein Kunstwerk offenbart. Die Formation der verschiedenen Blumenrondells war außergewöhnlich. Auch Kinderspielplätze wurden integriert, genauso Sitzbänke für die Ruhebedürftigen und ein Familienterrain. Es gab wirklich für jeden etwas.

„Na, da seid Ihr platt." Ilka platzte schier vor Stolz. „Sowas habt Ihr nicht bei Euch, was?"
„Na, weiß Gott nicht", entgegnete Heinrich." „Wir waren schon bei einigen Gartenschauen dabei. Aber sowas habe ich noch nie gesehen."

Spät am Abend, saßen die vier Freunde zuhause noch zusammen und sprachen angeregt über die Gartenschau.

„Die Stadt muss dem Planer oder dem Planungsbüro ja einen Haufen Geld gezahlt haben. Kannst Du mir die nennen? Das würde mich doch interessieren."
Hajo und Ilka schauten sich verschmitzt an und Hajo antwortete: „Wir waren das. Wir sind zum Kulturbürgermeister gegangen und haben ihm unsere Idee von der Gartenschau erzählt. Nach Eurem

letzten Besuch war das dringend nötig. Er hat sich mit dem Bürgermeister und dem Stadtrat auseinandersetzen müssen".

„Ach was auseinandersetzen", warf Ilka ein, „die waren ja froh, dass überhaupt mal jemand was über die damaligen Zustände sagte."

„Natürlich, hätten sie vorher schon was gemacht, aber es ist immer etwas dazwischen gekommen", erklärte Hajo weiter.

„Und was habt Ihr dafür bekommen", wollte Ella wissen.

„Für uns beide zehntausend Euro. Und die Zusicherung dass der Park so bleibt, wie er ist. Dann haben alle was davon. Die Blumenfreunde, die Kinder, Familien, Ruhebedürftige. Das war für uns das Wichtigste. Das war unser eigentliches Ziel. Aber dafür mussten wir erst einmal unsere Mitmenschen mobilisieren, dass sie auch etwas tun müssen", erzählte Ilka weiter. „Das war allein schon ein Kraftakt. Bis die das kapiert haben. O Gott, o Gott, o Gott." Sie hielt sich die Hände vor den Kopf und schüttelte ihn.

„Sie waren teilweise schwer von Begriff und wollten nicht kapieren, dass es auch zu ihrem Besten ist. Aber dann haben die Ersten sich darangemacht, ihre Häuser zu streichen. Und nach und nach machten dann alle mit."

„Und dann kamen die Blumenhändler zusammen und spendeten Blumen für die Girlanden. Und andere spendierten zum Beispiel Papierkörbe, die in der Stadt und im Park aufgestellt wurden. Ja, das war die schwerste Arbeit", seufzte Hajo. „Aber jetzt wollen auch alle schauen, dass unsere Stadt nie wieder so hässlich wird, wie sie mal war."

Als Heinrich und Ella wieder nach Hause fuhren, dachten sie, es wäre schön, wenn es bei jeder Gartenschau so etwas geben würde. Dass nicht alles zerstört würde, was in monatelanger Arbeit zustande gekommen ist.

Gartenschaupläne

In der Stadt herrschte freudige Aufregung. Noch ein paar Monate, dann konnte die lang ersehnte Gartenschau eröffnet werden. Was wurde geplant, beschlossen, gebaut, gepflanzt? Man hatte vieles durchdacht. Auch die Finanzierung. Die Bepflanzung des Gartenschaugeländes kostete ja etwas. Es wurden Pläne gemacht, mit welchem das Publikum angelockt werden könnte. Mit Kulturveranstaltungen, wie z.b. Lesungen, Vorträgen und Musik. So, jetzt brauchte man nur ein paar Opfer zu ködern. Zum Mitmachen nämlich! Der Kulturbeauftragte Herr Steno warb nun kräftig um Mithilfe zur Aufstellung eines Programms. Es kamen zusammen zwei Buchladen-Inhaber mit Namen Blattgrün und Meuchelohr, sowie die Bücherei-Angestellte Frau Zetteler.

„Ja, freilich, da sind wir dabei", tönte es dreistimmig. „Was sollen wir machen und wie können wir mithelfen?", wurde gefragt.

„Überlegen Sie sich etwas bis nächste Woche. Dann komme ich wieder vorbei" erwiderte Herr Steno. Es wurde überlegt. Herr Meuchelohr hatte als erster eine Idee: Mitternachts-Lesung im Park am See. Ginge das überhaupt? Man müsste die Wege inspizieren, ob überhaupt genug Laternen dastanden, welche die Wege beleuchteten. Man stolpert ja so gern im Dunkeln. Gesagt, getan. Schon am Abend ging die Besichtigung der Wegebeleuchtung vonstatten. Oje, wie mager. Keine einzige Laterne stand da. Dem musste dringend abgeholfen werden. Ob die Stadtverwaltung dies finanzieren würde? Vom Parkeingang bis zum See waren es mindestens dreihundert Meter, das hieße mindestens 8-12 Laternen müssten aufgestellt werden. Also bei einem Abstand von 25 Metern wären das zwölf Laternen. Nun weiter, was sollte noch beachtet werden? Stechmücken vielleicht? Ach was, so schlimm würde es nicht werden. Damit müsste gerechnet werden. Auch anderes Getier sollte in Kauf genommen werden. Die Leute dürfen sich nicht so anstellen, wegen den paar Pieckserchen. Das wäre geklärt, wenn die Finanzierung der Wegebeleuchtung auch geklärt wäre. Die Stadt muss da was drauflegen. So dachte Herr Meuchelohr.

Was der gute Mann nicht berücksichtigt hatte, war erstens, dass die Strecke ebenso die von vielen Hundebesitzern war, welche die Hinterlassenschaften ihrer vierbeinigen Gefährten nicht zu entsorgen gewillt waren. Was bedeutet, dass man unversehens in Hundesch... treten konnte. Und zweitens, dass es Leute gibt, die kein Interesse an einer Lesung haben, gern mit ihren Handy, Smartphone oder I-Pad herumspielen, so dass die Lesung empfindlich gestört werden könnte.

Eine Woche später gab Herr Steno sich wieder die Ehre und wollte wissen, ob sich ein paar Ideen entwickelt haben. Außer der Mitternachts-Lesung kam nun ein Gartenschau-Quiz hervor. Um das Publikum zum Denken anzuregen und falls Vorträge nichts fruchteten, ihre Gärten wenigstens neu zu bepflanzen, schlug Frau Zetteler vor.

„Ha", meinte Herr Blattgrün, „da müsste man schon ein paar Blumenbeete und Pflanzen noch hinzukommen, als die paar wo da sind."

„Wieso, reicht das Ihnen etwa nicht?", fragte Herr Steno. „Ich finde, das reicht."

„Sagen Sie mal, waren Sie überhaupt schon mal auf einer Gartenschau?", konterte Herr Blattgrün. „Ich glaube, wenn Ihnen das bisschen schon reicht, dann haben Sie genauso wenig Ahnung von solchen Veranstaltungen, wie eine Biene vom Wein, nämlich keine. Ich würde Ihnen raten, zumindest einmal eine Landesgarten-schau zu besuchen. Damit Sie sehen, wie viel Mühe sich man mit den Blumenbeeten gibt."

Darauf hin Herr Steno: „Ja, warum reicht Ihnen das nicht? Außerdem haben wir ja am Fluss die Terrassenstufen zum Verweilen errichtet. Zudem auch zwei große Inseln, wo die Kinder herumtollen können."

„Das sollen Inseln sein? Das sieht mir eher aus, wie zwei Sandbänke, die dem Untergang geweiht sind. Große Inseln stelle ich mir anders vor." Diese bissige Bemerkung kam von Herrn Blattgrün.

„Sind Sie aber anspruchsvoll" kam es von Herrn Steno zurück, „wir haben auch einen Strand für die Kleinen zum Baden."

„Ha, meinen Sie etwa den Mini-Strand? Ja, da haben Sie recht, das ist für Kleinkinder genau richtig. Aber ohne Erwachsene. Ertrinken können die Kinder ja nicht, da dass Flüsschen, das eher ein kleines Bächlein ist, eh zu wenig Wasser führt."

Zischend bemerkte Herr Steno: „Machen sie das mal besser. So viel finanziellen Spielraum hat das Kultusministerium auch nicht übrig." Als er wegging, fingen die anderen an zu lachen.

„Dem haben Sie's aber ganz schön gegeben" schmunzelte Frau Zetteler. „Aber meinen Sie wirklich, Herr Blattgrün, wir müssten mehr tun?"

„Liebe Frau Zetteler" antwortete der Angesprochene, „wenn die Gartenschau wirklich erfolgreich werden soll, dann muss noch einiges gemacht werden. Wir bräuchten dringend Unterstützung. Das heißt nicht nur finanziell, sondern auch ehrenamtliche Helfer."

„Was meinen Sie, Herr Meuchelohr?"

„Ich glaube, ich bin ganz Ihrer Meinung, Herr Blattgrün. Da fehlt wirklich einiges. Ich hätte Herrn Steno zumindest darauf einstellen können, dass im Park Laternen aufgestellt werden müssen. Hinzu kommt noch außer mehr Pflanzen- und Blumenbeeten, die Verschönerung der Terrassenstufen, z.B. durch Bemalung, die Inseln und der Strand sollten um einiges aufgeschüttet werden."

„Ich merke Frau Zetteler an, dass Sie auch etwas sagen möchte" bemerkte Herr Blattgrün, der mitbekam, wie Frau Zetteler aufgeregt mit den Händen fuchtelte.

„Ich meine, die Stadt selber sollte bei den größeren Betrieben mal anklopfen, ob sie nicht etwas geben könnten. Man kann ja Vergünstigungen geben oder etwas in dieser Art," meinte Frau Zetteler.

„Herr Steno soll sich am besten mit dem Vorschlag an den Kulturbürgermeister wenden."

„Gut, dann teilen Sie ihm mit, dass er sich beeilen soll," sagte Herr Blattgrün, „die Zeit drängt langsam."

„Wenn Herr Steno etwas gedacht hätte, dann hätte er sich von vornherein um die Pflanzen und Blumenbeete kümmern sollen und nicht um Freizeitvergnügen. Gartenschau ist ein ernst zu nehmendes Thema," brummelte Herr Meuchelohr.

Drei Tage später teilte Frau Zetteler ihren Vorschlag Herrn Steno mit. Darauf lachte Herr Steno erbittert: „Was meinen Sie, was ich tue. Ich hielt die Terrassenstufen, Inseln für eine gute Idee."

Gereizt entgegnete Frau Zetteler: „Wenn Sie statt dessen mehr Pflanzen und Blumenbeete gesetzt hätten, dann ständen Sie nicht so da. Es wird Ihnen nichts übrig bleiben, als mit dem Vorschlag, den ich Ihnen gegeben habe, zum Kulturbürgermeister zu gehen. Nur Mut, man kann Ihnen den Kopf nicht abreißen, Herr Steno!"

Mit klopfenden Herzen traf sich Herr Steno einige Zeit später mit dem Kulturbürgermeister. Der hörte sich die Sorgen seines Angestellten an und meinte, er müsse sich mit dem Oberbürgermeister beraten. Mit viel gutem Zureden und versprochenen Vergünstigungen trafen von mehreren Großbetrieben großzügige Schecks für die Gartenschau bei der Stadt ein.

Als der Zeitpunkt kam, da die Gartenschau eröffnet wurde, kamen von überall „Ah's" und „Oh's". Der Park war voll von Blumenbeeten und Pflanzen. Die Terrassenstufen waren bemalt worden, die Inseln und der Strand bekamen zentnerweise Sand, so dass man am Strand sich richtig ausstrecken konnte. So wurde die Gartenschau ein voller Erfolg, ebenso das Gartenschau-Quiz. Die Mitternachts-Lesung war hingegen ein Flop, worüber sich Herr Meuchelohr sehr ärgerte. Obwohl die Wege nun beleuchtet wurden, kam gerade mal ein Interessent dahin. Er sagte zu Herrn Meuchelohr: „Wenn in der Innenstadt die Wege auch so beleuchtet werden würden, dann würden sich die Leute nicht schon um neun Uhr nachhause begeben."

Der Lesungsbesucher ging total zerstochen am nächsten Tag zum Arzt, um sich behandeln zu lassen. „In was für einem exotischen Land haben Sie denn Urlaub gemacht?", fragte der Arzt entsetzt, als er den völlig Zerstochenen sah. „Waren Sie auf Moskitojagd aus oder wollten die Moskitos Jagd auf Sie machen?"

Gartenschau der Zukunft?

Irgendwo außerhalb der Städte Deutschlands ist eine Gartenschau angelegt, die man durchgehend besichtigen kann. Es ist eine Erholungsstätte für die Menschen geworden. Wahrhaftig gibt es dort noch richtige Blumen, Gewächse und Bäume. Nicht wie in der Stadt, wo alles künstlich ist. Gepflegt wird die Gartenschau von Landschaftsgärtnern. Aber freilich muss man auch das Gesumme und das Gestochenwerden von Bienen, Wespen und so weiter in Kauf nehmen.

Um dorthin zu gelangen reist man in Flugobjekten, welche die altmodischen Fahrzeuge wie Autos oder Fahrrad ersetzt haben, hin.

Aber es gibt auch Menschen, die das Grüne wieder in der Stadt haben wollen, denn den Besuch der Gartenschau kann man sich nicht oft leisten, da der Eintrittspreis sehr hoch ist. Denn davon werden die Gartenschaupflege und die Bezahlung der Landschaftsgärtner bestritten.

Immer heftiger werden die Proteste der Bürger, für die Umwelt mehr zu tun. Auf das Schärfste wird die Vernichtung der Wiesen, Parks und Wälder verurteilt.

Tun wir alles, damit dies nur eine Zukunftsvision bleibt und niemals soweit kommt!

Michael Kerawalla

Der Bundeskanzler und die Elfe

Der Bundeskanzler lag in seinem Bett und dachte an den vergangenen Tag zurück. Heute hatte er eine Gartenschau eröffnet und war dann mit dem Bürgermeister über die weitläufige Anlage geschlendert. Dabei hatte er durchaus die kunstvoll angelegten Beete und Szenen bestaunt, die mit ihrer Farbenpracht und phantasievollen Kreationen die Besucher in ihren Bann zogen. Mit der Erinnerung an diese angenehmen Augenblicke schlief er schließlich ein, um sich im Traum wieder auf dem Gartenschaugelände zu finden. Doch diesmal war die Anlage menschenleer und lag im Dämmerlicht des Mondes. Da hörte er ein leises Rauschen, das rasch lauter wurde. Im nächsten Moment landete ein zierliches, junges Mädchen neben ihm, das anschließend zwei Paar libellenartige Flügel auf dem Rücken zusammenfaltete. Sie war nur gut halb so groß wie er, denn der Bundeskanzler war nicht nur wegen seiner Stellung, sondern auch aufgrund der Statur eine beeindruckende Erscheinung! Trotzdem machte er einen vorsichtigen Schritt zurück.

»Sei gegrüßt! Hab' keine Angst, ich tue dir nichts zuleide«, sagte das Mädchen mit zarter Stimme. »Ich bin eine Elfe und mein Name ist Tebbi.«

Der Bundeskanzler begrüßte sie zögernd und stellte sich ebenfalls vor.

»Schön, dass du da bist! Ich habe gehofft, dich hier zu treffen!«, bemerkte die Elfe freundlich.

»Was kann ich für dich tun?«, fragte der Bundeskanzler verwundert.

»Ich möchte dir etwas zeigen«, antwortete die Elfe und wurde kurz darauf ein wenig verlegen. »Außerdem habe ich eine Bitte an dich.«

Im nächsten Moment veränderte sich die Umgebung. Die Blumen und Bäume, der Boden und die Steine begannen alle ihn ihrem eigenen Schimmer zu leuchten und verursachten ein herrliches Farbenspiel, wie es schöner nicht sein könnte! Plötzlich war die Nacht durch das Umfeld hell erleuchtet und zeigte die Anlage in bezauberndem Licht! »Was ist das? Warum leuchtet hier alles auf einmal so wunderschön?«, wollte der Bundeskanzler wissen.

»Ich zeige dir die Nacht durch die Augen einer Elfe. So sehen wir die Umgebung in der Dunkelheit!«, erklärte Tebbi nicht ohne Stolz. »Komm mit mir, sieh dich in Ruhe um und genieße die Schönheit dieser Welt!« Dann führte sie ihn über die Gartenschau-Anlage, erläuterte ihm wie die Natur funktionierte, wie das Leben aufeinander angewiesen war und auf phantastische Weise miteinander in Verbindung stand! Dazu erstrahlte nun alles in dem magischen Licht des Elfenblickes, wodurch die Welt auf einmal wie in einem wunderschönen Märchen wirkte.

Der Bundeskanzler lauschte gebannt ihren Worten und betrachtete mit großer Begeisterung seine Umgebung. So eindringlich und faszinierend, wie die Elfe die Zusammenhänge in der Natur schilderte, eröffneten sich ihm völlig neue Einsichten und er begriff allmählich das Wunder des Lebens. Ja, sie schaffte es sogar, dass in ihm eine gewisse Ehrfurcht dafür erwuchs!

Schließlich kamen sie wieder am Ausgangspunkt ihrer Wanderung an und das Gesicht der Elfe hüllte sich in Trauer. In diesem Moment hörte der Bundeskanzler plötzlich ferne Donnerschläge, die allmählich immer lauter wurden. »Was ist das? Wo kommt das her?«, fragte er verunsichert.

Die Elfe hob den Kopf ein wenig an und sah in eine bestimmte Richtung. Der Blick des Bundeskanzlers folgte ihrem. »Das ist eine Vision, die mich seit kurzer Zeit jede Nacht quält. Dir kann nichts passieren, denn was du gleich erleben wirst, geschieht nicht wirklich«, sagte Tebbi mit leiser Stimme und zunehmender Furcht.

Inzwischen war der Donner lauter geworden und mit jedem Schlag glühte der Horizont auf. Kurze Zeit später wurde es rasch immer wärmer und die Erde erzitterte! Dann plötzlich schien die Welt mit gleißendem Licht, Donnergrollen, Feuersturm und Erdbeben zu vergehen! Der Bundeskanzler schrie auf vor Entsetzen, als scheinbar die Hölle um ihn herum losbrach und die Welt im Feuer verglühte! Als alles vorbei war, gab es nur noch Asche und glühende Trümmern! Neben ihm stand die Elfe, hatte die Hände vors Gesicht gelegt und weinte leise. Verwirrt und geschockt beugte sich der Bundeskanzler zu ihr hinunter und streichelte ihr sanft über den Kopf. »Keine Sorge, du brauchst nicht zu weinen, denn es ist nur eine Vision«, sagte er tröstend zu ihr.

Die Elfe ließ die Hände sinken und sah ihn mit tränenfeuchten Augen an. »Wie jede Vision wird auch diese schon sehr bald Wirklichkeit werden!«

Ihre Bemerkung erschreckte den Bundeskanzler so sehr, dass er erwachte, doch noch immer hörte er das leise Schluchzen der Elfe. Da sah er sie mit traurigem Blick neben seinem Bett stehen!

»Bitte verzeih, dass ich hier erschienen bin. Normalerweise dürfte ich mich dir gar nicht zeigen, aber diese Vision ließ mir keine andere Wahl. So wie du der Oberste deines Volkes bist, so bin auch ich die Oberste der Elfen. Das, was du erlebt hast, wird schon sehr bald tatsächlich passieren. Dabei wird sowohl mein, als auch dein Volk untergehen! Du bist unsere letzte Hoffnung und hast als Einziger die Möglichkeit, den Untergang rechtzeitig zu stoppen! Deswegen bitte, nein, flehe ich dich an, unseren beiden Völkern zu helfen und diese Katastrophe zu verhindern! Bitte, im Namen allen Lebens auf der Welt, hilf uns, lass es nicht zu, dass es soweit kommt!« Den letzten Satz hatte sie unter Tränen geflüstert. Dann streckte sie den linken Arm aus und öffnete ihre kleine Hand, in der ein schimmernder Kristall lag. »Ich habe darin die Vision eingefangen. Du kannst sie dadurch jedem erlebbar machen, damit man dir auch glaubt. Du brauchst dir nur die Vision zu wünschen und jeder, der sie erleben soll, wird sie erfahren.«

Der Bundeskanzler nahm den Kristall zögernd aus ihrer Hand und bedankte sich leise. Tatsächlich hatte sich die Weltlage zugespitzt und große Spannung herrschte zwischen den einzelnen Staaten der Erde. Streit und gegenseitige Drohungen waren an der Tagesordnung und heizten die gefährliche Lage immer weiter an. Kriege breiteten sich rasch aus und wurden mit zunehmender Härte und Grausamkeit geführt! Da konnte das Szenario, welches die Vision zeigte, in kurzer Zeit zur Realität werden. »Wenn dieser Untergang tatsächlich bald bevorsteht, versuche ich, was in meiner Macht liegt, um es zu verhindern.«

»Der Kristall lügt nicht!«, versicherte die Elfe mit rauer Stimme. Dann hob sie den Blick. »Es wird Zeit zu gehen. Mein Volk wartet auf mich und auf die Nachricht, die ich ihm überbringe.«

Der Bundeskanzler sah die Elfe nachdenklich an. »Werden wir uns wiedersehen?«

»Das hängt davon ab, was du erreichen kannst und ob die Vision Wirklichkeit wird«, antwortete die Elfe unsicher.

Der Bundeskanzler nickte verstehend. »Danke für die Warnung und dass du mir die Welt mit anderen Augen gezeigt hast!«

Die Elfe deutete eine Verbeugung an. »Ich danke dir, dass du mich angehört hast. Nun kann ich meinem Volk zumindest ein wenig Zuversicht vermitteln. Vielleicht haben unsere Völker eine gemeinsame Zukunft. Alle Hoffnung ruht nun in dir! Leb wohl, und viel Erfolg!« Dann löste sie sich vor seinen Augen auf und verschwand.

Zurück blieb ein nachdenklicher Bundeskanzler mit einer schweren Bürde. In seiner Hand lag der Kristall, den ihm die Elfe geschenkt hatte. Nein, das war kein Traum! Die Elfe war tatsächlich bei ihm gewesen und hatte ihm diese wichtige Nachricht überbracht! Er rief die Vision von dem Kristall ab und erlebte nochmals den Untergang der Welt. Nein! Das durfte nicht passieren! Er musste es mit alle Macht verhindern, das nahm er sich zumindest vor. Es würde sich zeigen wie erfolgreich er war...

Nachwort

Liebe Leser,

Sie sind nun an das Ende unseres kleinen Büchleins gekommen. Wir hoffen, Sie gut und abwechslungsreich unterhalten zu haben.

Falls Sie beim Lesen auf den Geschmack gekommen sind und den einen oder anderen Autoren für sich entdeckt haben, so gibt es von diesen viele weitere schöne Bücher bei mir im Laden zu entdecken.

Falls Sie nach dem Lesen dieses Buches noch Fragen, Anregungen, Vorschläge haben, können Sie sich gerne mit mir in Verbindung setzen. Ich bin offen für kreative Ideen. Ralf Neubohn, Antiquariat der Nöck, Zwerchgasse 6, 71332 Waiblingen, Telefon 07151 1336165, E-Mail: antiquariat.noeck@gmx.de

Unter dieser Adresse können Sie sich auch bei mir melden, falls Sie einmal eine Lesung buchen wollen.

Mit freundlichen Grüßen und bis bald?

Ihr Ralf Neubohn

Über den Autor Ralf Neubohn:

Ralf Neubohn hat bereits zahlreiche Bücher geschrieben bzw. heraus-gegeben und ist einem breiten Publikum durch regelmäßige Lesungen bekannt. Er betreibt ein angesehenes Buchantiquariat und fördert neue Autoren durch Herausgabe von Anthologien und Veranstaltung von Lesungen.

Er hat auch mehrere Literaturpreise gestiftet. Z.B. den „Neuen Literaturpreis Remstal".

Neubohn schreibt Krimis, Lyrik, heitere Romane und Kurzgeschichten.

Sein Kurzkrimiband „Neubohns Krimihäppchen" kommt bei den Lesungen immer besonders gut an. Bei den heiteren Büchern vor allem „Alle Autoren an Bord!" und „Im Tal der Autoren".

Beide Bände haben den Vorteil für die Leser, dass sie mit diesen einen humorvollen Blick hinter die Kulissen des Autorentums werfen können. Und das ist doch ganz interessant und lehrreich.

Lesetipp:

Ralf Neubohn und Michael Kerawalla: „Im Tal der Autoren"

Für dieses Buch schrieb Ralf Neubohn unter anderem folgende Texte:

Der Roman

Sam beendete 3 Jahre Schreibarbeit an seinem neuesten Roman mit einem guten Gefühl. Alle goldenen Regeln seines Verlegers fanden sich in dem Werk wieder. Anspruchsvoll geschrieben, ein kritischer Spiegel der Zeit und sorgfältig recherchiert.
Stolz begab er sich damit zu seinem langjährigen Verleger. Dieser las das Buch mit einem Stirnrunzeln durch und sprach die goldenen Worte: „Um erfolgreich zu sein, darf ein Roman nirgends politisch anecken. Streichen Sie daher bitte alle betreffenden Stellen. Natürlich wollen wir auch niemandes religiöse Gefühle verletzen oder Wirtschaftsbossen auf die Füße treten. Sie verstehen doch, dass diese Teile deshalb raus müssen. Zuviel Sex und Gesellschaftskritik sind auch nicht mehr zeitgemäß, sie fallen ebenfalls weg. Natürlich wollen wir uns bei niemandem anbiedern und langweiligen Mainstream vermarkten, wir passen uns nur etwas der Zeit an." Damit gab er den von 520 Seiten auf 3 Seiten gekürzten Roman in Druck, der ein großer Erfolg wurde.

Zurück zu den Wurzeln

Seneca, Cato und Tolstoi hatten vollkommen recht: Nichts geht über das einfache Landleben. Weg von all dem unnötigen Schnickschnack zurück zum Urtümlichen. Nur von den allernotwendigsten Hilfsmitteln begleitet leben.

Während ich diese Zeilen auf meinen Laptop schreibe, geht draußen die Außenbeleuchtung automatisch an. Vermutlich ist eine Katze durch die Lichtschranke gelaufen. Ein Surren zeigt an, dass die Rollläden mittels Zeitschaltuhr pünktlich heruntergelassen werden. Ich gehe in die Küche aus der Tiefkühltruhe frisches Gemüse für die Mikrowelle holen. Unterwegs blinkt mich im Flur das drohend rote Auge des Anrufbeantworters an. Aus dem Büro höre ich das Fax nach neuem Papier fiepsen und Informationen aus dem Internet plärren.

Bei so viel Stress starte ich mittels Fernbedienung erstmal eine Musik-CD und gönne mir aus der chromglitzernden Expressomaschine ein Anregungsmittel. Zwischenzeitlich ist das Gemüse fertig geworden. Es hat dieses Mal 1 skandalöse Minute länger gedauert! Zeit die alte Mikrowelle gegen eine schnellere auszutauschen! Ich muss wegen eines neuen Navigationsgerätes sowieso in die Stadt.

Im Esszimmer angekommen greife ich zur Gabel, als sowohl das Handy klingelt, als auch das E-Mail Postfach nach mir verlangt. Doch die müssen beide in die Warteschleife, da pünktlich zum Essen im Fernsehen meine Lieblingsserie startet, die ich auf dem extragroßen LCD-Bildschirm sehe.

Mittels Fernbedienung schalte ich die Heizung etwas höher und genieße die Wärme und das Mikrowellengemüse sehr.

Ja, die großen Denker wussten, was sie sagten: NICHTS geht über das urtümliche, einfache Landleben! Zurück zu den Wurzeln!

Lesetipp:

Flammenfeder „Live von der Gartenschau"

In diesem Buch berichten Ralf Neubohn und Michael Kerawalla heiteres aus dem Paradies für Blumenliebhaber. Beide sind Mitglieder der Autorengruppe Flammenfeder, die dieses Buch herausgebracht hat. Folgend ein paar Textproben Ralf Neubohns daraus:

Computerexpertin Petrulia

Paul saß zufrieden in seinem Kinderzimmer, heute gab's in der Schule endlich mal keine Hausaufgaben. Er konnte also nun die langersehnte Radtour auf dem Gartenschaugelände machen! Er freute sich sehr darauf. Draußen schien die Sonne und rief ihm förmlich zu: „Komm, komm!" Als er gerade zu seinem Drahtesel eilen wollte, stand plötzlich seine nervige Schwester Petrulia in der Tür. Was für ein Schock, denn das bedeutete stets etwas Schlimmes.

Sie sprach: „Paul! Ich muss noch von gestern meine Hausaufgaben nachholen. Da es soviel ist, mache ich sie an Deinem Computer." Paul zuckte tief erschrocken zusammen. Seine chaotische und eingebildete Schwester an seinem geliebten Computer! „Dich kann ich nicht allein an meinen PC lassen. Du hast doch keine Ahnung davon!"

Petrulia erwiderte triumphierend: „Mutter hat es mir erlaubt! Sie meint, dass ich groß genug dazu bin."

Paul biss sich auf die Zunge, um nichts über ahnungslose Mütter im Allgemeinen und vor allem in diesem speziellen Fall zu sagen, und startete gottergeben seinen Computer. Er harrte schicksalsergeben der nun folgenden inneren Leiden, die auch prompt eintraten.

„Paul? Was heißt eigentlich PC? Pauls Computer?"

„Nein", entgegnete er genervt. „Es heißt Petrulias Chaos. So, jetzt gebe ich das Codewort ein."

„Kotwort", zischte Petrulia entsetzt. „Heißt dass, dass der Computer mit Scheiße zu tun hat?"

Paul stöhnte verzweifelt. Mütter und Schwestern konnten einem wirklich das Leben versauern. Von wegen Petrulia ist groß genug! Doch da er noch mit dem Rad wegwollte, ließ er sich auf keine Diskussion ein. „So, jetzt mache ich nur noch schnell einen Quick Scan."

Petrulia starrte ihn schockiert an. „Warum wird ein Schwein geröntgt? Oder wird das Schwein wie die Waren an der Supermarktkasse gescannt? Aber wozu? Was hat das denn jetzt mit uns zu tun?"

„Schwestern gehört das Gehirn gescannt", dachte er erbittert. „Sofern sie denn überhaupt eins haben."

Laut giftete er: „Das hat nichts mit Schweinen zu tun! Es ist eine wichtige Funktion des Virenscanners."

„Ach", seufzte Petrulia erleichtert. „Hat Dein PC Grippe? Sag das doch gleich!"

Paul brummelte ablenkend: „Wir schreiben nachher Deine Hausaufgaben in Times New Roman."

„WAS?" rief Petrulia begeistert. „Meine Hausaufgaben kommen in der Times als neuer Roman? Ich wusste doch, dass meine Aufsätze super sind. Nur meiner dummen Lehrerin ist das noch nicht klar."

Paul litt entsetzlich, wir legen den Mantel des gnädigen Schweigens über die nächste Stunde. So meinte seine Schwester unter anderem: „Tool bar? Das ist toll, denn ich habe gerade Durst."

Als nach vielen inneren Leiden seine Schwester ihn verließ, warf sich der arme Paul völlig erledigt aufs Bett.

Dort fand ihn dann später seine Mutter: „Was machst Du hier noch? Ich dachte, Du wolltest radeln! Dauernd hast Du beim Mittagessen genervt, dass Du heute eine Radtour machen willst. Nutze nun auch wirklich die schöne Sonne aus. Also, mit Euch jungen Leuten ist einfach nichts mehr los! Ihr wisst einfach nicht, was Ihr wollt! Erst nervst Du beim Mittag wegen dem Radeln und dann liegst Du den ganzen Nachmittag nur faul rum!"

EOCXTE – CD Shop

Eines Tages erschien in einem aus Datenschutzgründen nicht näher genannten Geschäft in Waiblingen ein neuer Kunde. Die Ladenbesitzerin bediente ihn zuvorkommen und sagte später beim Abschied: „Ich hoffe, Sie kommen bald wieder."

Der Kunde antwortete galant: „Sicher. Sie sind so kompetent und freundlich wie Herr Neubohn es neulich bei der Lesung auf der Gartenschau erzählte. Er liest ja öfters in verschiedenen Läden unserer schönen Stadt, um dadurch die Innenstadt zu beleben. Eine gute Idee von ihm. Auf wiedersehen Frau Elpinike."

Das Lächeln der Ladeninhaberin erlosch so plötzlich, wie das Lächeln eines Managers, wenn es keine 10 % Boni gab. Sie erwiderte erstaunt: „Elpinike? Ich heiße Röchelbaum."

„Oh", flüsterte der Kunde. „Entschuldigen Sie bitte die Verwechslung. Ich dachte Sie heißen; Eutalia Ottilie Clothilde Xanthippe Tussnelda Elpinike und sind die Inhaberin."

Frau Röchelbaums ohnehin schon große Augen wurden noch größer, wie im Märchen vom Rotkäppchen – damit ich Dich besser sehen kann – und ihr Mund wuchs auch – damit ich Dich besser fressen kann - !

„Ich bin die Inhaberin. Hier gibt es keine Frau Eutalia Ottilie Clothilde Xanthippe Tussnelda Elpinike. Wie kommen Sie denn darauf?"

„Ach", raunte der Mann erstaunt. „Da muss Herr Neubohn was verwechselt haben. Als er mir von ihrem schönen Laden EOCXTE – CD Shop erzählte, fragte ich ihn, was der Name EOCXTE voll ausgeschrieben heißen würde. Und er meinte: Ah, öh, natürlich ist es wie bei den meisten Läden, er ist nach der Inhaberin benannt. Und der Name der Inhaberin lautet hier Eutalia Ottilie Clothilde Xanthippe Tussnelda Elpinike."

Wir wissen leider nicht, was Frau Röchelbaum dachte, als sie dies hörte, aber Herr Neubohn bekam tags darauf gründlich den senilen Kopf gewaschen. Das beweist mal wieder: Die Schwaben sind in Wahrheit gar nicht so geizig! Denn in Schwaben wird oft jemand gratis der Kopf gewaschen und das trotz der teuren Schampoopreise!

Besuch auf der Gartenschau

Claudia, Elke und Sieglinde saßen auf den Remsterrassen und schauten herab in die tobenden Fluten der Rems. Da zur Zeit der Pegel auf Rekordtief lag, schauten aus den mächtigen Fluten zwei kleine Inseln heraus. Was die drei nicht wussten: es waren keine kleinen Inseln. Sondern die verschütteten Vulkankegel der Insel Atlantis, die bis zu einem großen Vulkanausbruch in der Rems lag. Die drei Mädchen lösten sich vom Anblick der vermeintlichen Remsinseln und gingen mit ihren Freunden weiter über das wunderschöne Gartenschaugelände. Bisher verlief alles friedlich. Sonst gerieten sich ihre Freunde im Fußballstadion oder bei politischen Veranstaltungen immer in die Haare. Doch heute würde es sicherlich harmonisch verlaufen, nichts ist besänftigender fürs Gemüt, als Sonne und schöne Blumen. Dachten die drei Mädels, bis es bei einem besonders reizenden Blumenbeet wieder zwischen den drei Jungs krachte: „Du vulgäres Veilchen! Die schönsten Blumen sind die Rosen!" „Quatsch! Du rostige Rose! Nichts geht über zarte Veilchen! Und wenn Du willst, kannst Du von mir gleich zwei blaue Veilchen haben." „He, hört, mal ihr zwei Streithähne, am schönsten sind die Tulpen." „Was? Das hätten wir wissen müssen, dass Du eine tumbe Tulpe bist. Du mit Deiner krakeligen Kaktusnase!"

So ging es den ganzen Nachmittag weiter. Die leidgeprüften Mädchen beschlossen deshalb am nächsten Wochenende lieber mit ihren Freunden ins Fußballstadion zu gehen, denn dort dauerte deren Zoff untereinander nur 90 Minuten.

Lesetipp:

Ralf Neubohn: „Die Gartenschau Morde"

Enthält Kurzkrimis und schwarze Humor Gedichte.

Das Gartenschauwunder

Hans saß auf den Remsterrassen und las sein Lieblingsbuch „Neubohns Krimihäppchen" zu Ende. Er las es seit Jahren immer wieder von vorn, weil ihn diese Mischung aus Kurzkrimis und Humor sehr ansprach.

Nun griff er zu Neubohns originellem Werk „Im Tal der Autoren", um es ebenfalls in Ruhe zu genießen. Die Sonne schien, vor ihm floss die Rems plätschernd vorbei, was konnte es Schöneres geben? Völlig entspannt blickte er auf die beiden Remsinseln zu seinen Füssen und schlug das Buch mit den heiteren Geschichten aus dem Autorenleben voller Vorfreude auf.

Doch dann schoss es ihm durch den Kopf: „Ich bin doch nicht zum Lesen hier, sondern zum Arbeiten!" Bedauernd legte er das Buch zur Seite und stand auf. Nur durch seine hohe, professionelle Arbeitseinstellung gelang ihm der Aufbruch aus dem sonnigen Paradies. Überall schlenderten seine Kunden über das Gartenschaugelände. Hans gefiel am besten der Teil beim See am Hallenbad und jener bei der Kunstlichtung. Dort fanden immer so schöne Lesungen statt. Doch wo auch immer seine Kunden auf ihn warteten, da ging er hin. Vom Bädertörle in Waiblingen bis nach Schorndorf lag sein Arbeitsbereich. Sein ganzer Ehrgeiz lag darin, dort überall gleichmäßig gut zu arbeiten.

Kein Gebiet des schönen Gartenschaugeländes durfte vernachlässigt werden. Denn die Arbeit rief überall dauernd nach ihm. Eine große

Verantwortung lag auf Hans. Es gab sehr viel zu erledigen. Die Gartenschau kam gerade im richtigen Augenblick, um in finanziell schwerer Zeit Geld in seine Kassen zu spülen. Dankbar dachte er: „Ein Wunder, diese Gartenschau! Schönes Gelände, wunderbare Blumen, ein Ort zum Genießen. Und um nebenbei gute Geschäfte zu machen! Was will man mehr?"

Zufrieden schlendernd besah er sich entzückt die Landschaft und die Hosentaschen der Besucher. Ein Traum für Taschendiebe wie ihn. Vielleicht treffen sie ihn ja mal an seinem Arbeitsplatz. In diesem Falle wünsche ich Ihnen viel Glück!

Überraschung!

Herr S. Chrecklich spazierte in Weinstadt über das Gartenschaugelände. Ihm gefiel die schön gestaltete Anlage sehr. Vor einem Blumenbeet mit roten Rosen blieb er bewundernd stehen. Wie prachtvoll sie blühten! Neben den Rosen stand einzeln eine sehr große, äußerst merkwürdige Pflanze. Er konnte sie keiner ihm bekannten Art zuordnen. Diese Pflanze lenkte ihn so ab, dass er das Herannahen eines offensichtlich tollwütigen Hundes erst zu spät bemerkte. Es blieb ihm keine Zeit zu fliehen, keine Chance auf Rettung. Herr S. Chrecklich schloss erstarrt vor Schreck die Augen. Ein lautes „Schlurp" ließ ihn auffahren. Die Pflanze hatte sich über den Hund gebeugt und ihn verschlungen! Vermutlich ein Ergebnis des Klimawandels. Früher gab es hier in Weinstadt keine fleischfressenden Pflanzen. Da kam ihm eine geniale Idee! Auf diese Art könnte er seinen nervigen Schwager loswerden! Diesen ohne Spuren beseitigen! Der perfekte Mord! Einfach genial! Bereits zwei Tage später schlenderten sie beide gemeinsam über die Gartenschau. Als niemand in Sicht war, schlug er seinen verhassten Schwager nieder und schleifte den Betäubten zur fleischfressenden Pflanze. Diese würde mit einem lauten „Schlurp" alle Spuren seiner Tat wie geplant beseitigen. Tat sie auch. Nur schluckte sie beide zusammen weg. Tja, selbst der beste Plan kann einmal scheitern.

Reizende Reise

Richard R. Riesling befand sich gern auf deutschen Gewässern. Ob Bodensee, Mosel, Rhein, überall gefiel es ihm ausnehmend gut. Leider mochten ihn seine Mitpassagiere umso weniger. Es muss leider gesagt werden: Herr Riesling trank meist härtere Sachen als Riesling und wurde dann extrem unleidlich. Häufig sogar gewalttätig.

Bei seiner neuesten Kreuzfahrt fuhr er auf dem Neckar an der Gartenschaustadt vorbei, als es zu einem schwerwiegenden Zwischenfall kam.

Seit 20.00 Uhr hielt er sich an seine strenge Whiskydiät und nahm nichts anderes mehr zu sich. Mit jedem weiteren Glas stieg seine Gewaltbereitschaft und er pöbelte immer häufiger seine Mitreisenden übel an.

Gegen Mitternacht schrie Herr Riesling Frau Nemesis an: „Was geht es Sie an, wie viel ich trinke? Und wem ich meine Meinung sage? Was denken Sie eigentlich, wer Sie sind?" Darauf kam drohend die unheilverkündende Antwort: „Wie ich Ihnen schon sagte, ich bin Nemesis!" Da unser Reisender sich nur mit Alkohol auskannte und mit sonst gar nichts, stürzte er sich auf Nemesis, um sie von Bord zu stoßen.

Durch einen Kampfsporttrick seines vermeintlichen Opfers landete der Alkoholiker stattdessen selber im Neckar. Der Kapitän hörte das Aufklatschen im Wasser und rief: „Mann über Bord!", was sofort die verschiedensten Rettungsmaßnahmen einleitete. Doch die Dunkelheit behinderte die Suche so sehr, dass er erst zu spät aus dem Hades, äh, Neckar gefischt wurde.

Der Kapitän sah den Ertrunkenen vor sich auf den Planken liegen und sprach nachdenklich: „Riesling verträgt sich mit zuviel Wasser nicht!" Ein Satz, in dem viel Wahrheit lag. Die Suche nach Nemesis blieb erwartungsgemäß erfolglos, denn die kommt und geht bekanntlich, wie sie will.

Der Banküberfall

Xavers Plan bot sich förmlich von selbst an. Durch die Touristen, die zur Gartenschau wollten, kam in Heilbronn der normalerweise schon starke Feierabendverkehr fast zum Erliegen.

Wer zu dieser Zeit eine Bank überfiel, konnte sich sicher sein, dass die Polizei zu lange brauchen würde, um sich durch den Stau von Pendlern und Touristen durchzukämpfen. Bis sie die Bank erreichte, befand er sich mit seinem Fluchtauto schon wo ganz anders.

Er parkte direkt vor der Bank, stürmte mit gezogener Pistole herein und verlangte das Geld. Alles verlief gut, bis er aus seinen Augenwinkeln eine Bewegung am rechten Rand sah. Wo kam der Mann plötzlich her? Eben lag die Schalterhalle doch noch völlig leer vor ihm!

Hätte Xaver besser recherchiert, wäre ihm bekannt gewesen, dass rechts von den Schließfächern im Keller eine Treppe heraufführt. Und von dort stürmte nun ein Sicherheitsbeamter auf ihn zu. Spontan und eigentlich ungewollt erschoss Xaver ihn und flüchtet tief erschrocken zum Auto. Genauer gesagt zu dem Ort, wo sich bis vor kurzem sein Auto befand, bevor es ein Autodieb stahl. „Nun gut, dann fliehe ich halt zu Fuß", dachte er. Es war das Letzte, was ihm in Freiheit je durch den Kopf ging. Denn bei den oberflächlichen Besichtigungen des Tatorts hatte Xaver es versäumt, sich die Umgebung näher anzuschauen. Gegenüber der Bank lag ein Imbiss, in dem viele Polizisten verkehrten, die nun mit gezogener Waffe vor ihm standen.

Im Fußball wird so etwas Eigentor genannt. Dafür gibt es keinen Applaus, höchstens Buhrufe.

Lesetipp:

Ralf Neubohn und Michael Kerawalla: „Gartenschau Phantasie"

Die folgenden Textproben sind von Ralf Neubohn:

Die beiden Gartenschauen

Zweifellos sind die Gartenschauen in Heilbronn und an der Rems ein paar der schönsten, die es je gab. Sowohl von den Anlagen her, aber auch wegen dem wunderbaren Ambiente der Umgebung. Für jeden der seine Freude an den prächtigen Pflanzen auf dem Gartenschaugelände hat, stellt sich die Frage: Wie konnte diese verzaubernde Pracht entstehen? Das Geheimnis ist einfach und schon lange wohlbekannt: Nachts durchfliegen Elfen die Anlagen. Dabei hinterlassen sie ihren magischen Glanz, der sich auf alle Pflanzen wie Lack legt und diese besonders schön strahlen lässt. Besucher mit strahlendem Lächeln sind wohl früh morgens noch einer etwas verspäteten Elfe begegnet.

Ich wünsche Ihnen viel Spaß, in diesen verzauberten Elfengärten. Egal, ob an der Rems oder in Heilbronn: Ein Besuch lohnt sich!

Gartenschauromanze

Er sah das Mädchen an der Remsküste,
sie hatte wunderbare .... Ohren.

Ihr Anblick macht ihn froh,
vor allem der schöne ... Ohrring.

Vielleicht würde das Schicksal ihn strafen,
doch wollte er mit ihr .... Ohrputzen.

Später flüsterte sie benommen:
„Hoffentlich werde ich kein ... Ohrsausen bekommen.“

Gratulation

Für die Gartenschauen in Heilbronn und an der Rems wurde nicht nur viel Herz und Ideenreichtum in Bezug auf Blumen gelegt, sondern auch der ganze Rahmen perfekt durchdacht. Um nur einige Beispiele zu nennen: die Remsterrassen, die Kunstlichtung, die Remsinseln, die verschiedenen künstlerischen Projekte. Etwa die Lesungen, die Skulpturen, die Kuben und vieles andere mehr. Ein rundherum gelungenes Gesamtkonzept erwartete die Besucher. Gratulation an die Verantwortlichen und die ehrenamtlichen Helfer! So, müssen Gartenschauen sein!

Nachts in der Gartenschau

Nervös huschte er über das Gartenschaugelände. Immer wieder drehte er sich hastig um, aber niemand schien ihm zu folgen. Fahrig wischte er sich den Schweiß von der Stirn und lief eilig weiter. Seine Schritte hallten laut durch die menschenleeren Grünanlagen. „Warum habe ich nur darauf eingelassen?", fragte er sich immer wieder. „Ich habe doch gewusst, dass es gefährlich wird."

Ängstlich packte er die Aktentasche mit dem wertvollen Inhalt fester an sich. Ein lautes Geräusch ließ ihn zusammenfahren. Sein Herz stand für Sekunden still, so sehr hatte ihn die Kirchturmuhr erschreckt. „Ich muss mich zusammenreißen", dachte er und blickte sich um. Da! Folgte ihm nicht doch jemand? Nein, er waren nur Bäume am Gehwegrand. Der Wind bewegte sie sachte. In der finsteren Nacht sahen sie aus wie gefährliche Wegelagerer. Inzwischen hörte die Kirchturmuhr auf, vier Uhr zu schlagen.

„Nur noch ein paar Straßen weiter", schoss es ihm durch den Kopf. „Dann bin ich in Sicherheit!" Schnell rannte er die letzten Gehwege des Gartenschaugeländes weiter, hinein in die Innenstadt. Seine Schritte hallten dort laut in den Gassen, Menschenmassen schienen ihm zu folgen, doch das war nur das Echo.

Mit rasendem Herzen schloss er die Tür zu seinem Buchantiquariat auf, schlüpfte schnell hinein und warf sie fest ins Schloss. Er hatte es geschafft. Nachdem er erleichtert eine Weile an der Tür gelehnt hatte, streichelte er liebevoll die Aktentasche und ging ins Büro seines Ladens. „Ich habe doch gleich gewusst, dass ich es schaffen werde", sinniert er nicht ganz wahrheitsgemäß. Behutsam nahm der Buchantiquar den wertvollen Inhalt seiner Tasche heraus und betrachtete ihn glücklich. Verstohlen schaute er sich schnell im Büro um, doch er war nach wie vor allein. Zärtlich streichelte er über das soeben auf der Kunstlichtung beendete Manuskript von „Gartenschau Phantasie", um das ihn sicherlich viele Konkurrenten beneideten. Zuviele! „Das Buch wird ein Knüller!" rief er triumphierend in die Leere hinein und lachte noch ein wenig erleichtert vor sich hin. Seine Nerven hatten sich gerade wieder von der nächtlichen „Hetzjagd" erholt, als ihn ein plötzliches Geräusch aufspringen ließ. Unter einem Ladentisch raschelte es. „Ach, bin ich dumm", dachte er. „Das wird nur die Katze sein."

Es war sein letzter Irrtum im Leben.

Der Schrecken der Gartenschau

Immer häufiger berichteten Gartenschaubesucher, dass es auf dem wunderschönen Gartenschaugelände bei Einbruch der Dunkelheit höchst merkwürdige Geräusche gab. Gruslige Geräusche, die niemand irgendwie, irgendwas zuordnen konnte. Am ehesten entsprach dieses nervtötende „Klick-Klack" einem Skelett aus einem Gruselfilm, welches sich dort mit diesen Geräuschen bewegte.

Darum wurde der bekannte Forscher Van Surprisle beauftragt, diesem nächtlichen Spuk auf die Spur zu kommen. Van Surprisle rüstete sich gegen die Gefahren mit einem großen Kruzifix, einem Revolver mit geweihten Silberpatronen, einem Kranz aus Knoblauch und einem Holzpflock. Beim Austreiben von nächtlichen Schrecken konnte ihm niemand das Weih-Wasser reichen! Apropos Wasser: Natürlich nahm er in einer Wasserpistole auch Weihwasser mit, um damit diverse Unholde zu „erschießen". Er schleppte schwer an diesen vielen Gegenständen in der lauen Sommernacht. Durchlief immer wieder das große Gelände. Nichts! Überhaupt nichts zu sehen und hören! Oder doch? Ja, ganz leise erklang ein geheimnisvolles „Klick-Klack". Schlichen sich Skelette an ihn an? Klapperten Vampire freudig mit ihren Fangzähnen?

Er zog die beiden Pistolen. Entweder mit Weihwasser oder geweihten Silberkugeln würde er dem Spuk ein Ende bereiten. Leise bewegte er sich auf das schaurige Geräusch zu. „Klick-Klack" ertönte es beim Näherkommen immer lauter. Van Surprisles Nerven vibrierten vor Spannung! Auf welches schreckliche Geheimnis würde er stoßen? Welches unvorstellbare Grauen lauerte dort im großen Gebüsch? Würden ihn Monster anfallen und zerfleischen? Oder schoss er schneller? Die Chancen in der Dunkelheit standen unentschieden! Seine am Schutzhelm befestigte Lampe strahle in das Gebüsch und er sah… ja, leider ist es wahr… kaum zu glauben… Murmeltiere! Sie spielten dort mit Murmeln! Und wenn diese aneinander stießen, ertönte in der ruhigen Nacht überlaut „Klick-Klack"!

Zuerst lächelte unser tollkühner Forscher erleichtert. Dann überkam in ein riesengroßer, lähmender Schrecken: Wie lächerlich würde sich dieses Ereignis in seiner Biographie ausnehmen! Er sah schon die Leute ihn höhnisch auslachen! Das musste verhindert werden. Doch wie? Dieses „Klick-Klack" musste schließlich überzeugend begründet werden. Er brauche eine logische, nachvollziehbare Erklärung, die seinen Ruf nicht gefährdete. Da kam ihm die Erleuchtung! Am anderen Tag sagte er völlig glaubwürdig auf einer Pressekonferenz, dass den Bürgern keine Gefahr drohe. Im Schutze der Dunkelheit tanzten nur die Skelette von im Moor ertrunkener im Gebüsch miteinander Tango. So lange niemand dem betreffenden Gebüsch zu nahe kam, passierte ihm nichts.

Das betreffende Gebüsch wurde zur Hauptattraktion der Gartenschau, um das sich die Besucher in gehörigem Abstand neugierig bis tief in die Nacht drängten.

Und wenn die Murmeltiere nicht gestorben sind, dann spielen sie noch heute mit Murmeln.

Seeromantik

Beim See am Hallenbad stand eine Lesung an. Der vortragende Autor Ludwig Lesi-Les wollte nicht wie seine Kollegen in den letzten Wochen an Land lesen, sondern von einem Boot auf dem See aus. Das Publikum sollte dort auf der Mauer mit den Gesichtern zum See sitzen.

Er mietete ein Ruderboot bei einem Verleih und versuchte es am Lesungstag mit Bekannten zusammen zum Ort des Geschehens zu tragen. Doch ach, das nasse, schwere Boot rutschte ihnen immer wieder aus den Händen, während die Zeit davon flog. Lesi-Les sah ein, dass es so nicht mehr rechtzeitig zu schaffen ging. Aber was tun? Die Lesung vom Boot aus stand überall in den Zeitungen angekündigt! Fiel sie aus, so war er bis auf die Knochen blamiert! Da kam ihm die rettende Idee: Daheim lag in seinem Keller noch ein Schlauchboot vom letzten Urlaub. Sofort eilten sie zu ihm heim, holten das zusammengefaltete Schlauchboot und rannten damit in größter Eile zum See. Die Uhr rückte gnadenlos vorwärts. Würde die Zeit zum Aufblasen des Bootes reichen? Da sie vom Rennen atemlos waren, ging das Aufblasen nur sehr langsam voran. Die ersten Lesungsbesucher erschienen inzwischen. Mit seinen letzten Atemkräften schaffte er das Aufblasen doch noch rechtzeitig! Sie ließen das Boot zu Wasser, der Autor stieg ein und wollte mit Lesen anfangen. Wollte, aber es klappte nicht. Vom Rennen und Boot aufblasen war er zu sehr außer Atem. Das Publikum begann zu buhen. Die ersten Besucher gingen wieder, bevor er loslegen konnte. Doch den inzwischen ruhigen verbliebenen Zuhörern las Lesi-Les seine besten und witzigsten Texte vor. Doch keiner lachte oder klatschte. Allmählich wurde der Autor nervös, suchte immer bessere Texte aus, doch an Land regte sich nichts. Die Zuhörer blieben stumm.

Mit zitternden Händen zündete er sich eine Zigarette an, um seine Nerven zu beruhigen. Während des Lesens fiel ihm diese unbemerkt ins Schlauchboot, brannte ein Loch in den Plastikboden, so dass er wie ein Kapitän mit seinem Schiff unterging. Das Publikum raste vor Begeisterung, klatsche und lachte ohne Ende. Zum ersten Mal in seinem Leben forderten seine Zuhörer eine Zugabe, als er Nass und voller Algen aus dem Wasser stieg.

Im Publikum saß die Autorin Berta Babbelbergle und dachte verächtlich: „Wie kann jemand nur so blöd sein! Ich werde es nächste Woche viel besser machen, als dieser Schwachkopf!"

Am Tag ihrer Lesung saß sie bereits in ihrem Schlauchboot, als die Zuhörer erschienen. Im Gegensatz zu ihrem Kollegen von neulich, war sie voll bei Stimme und trug keine Zigaretten bei sich. So standen die Chancen für eine erfolgreiche Lesung sehr gut. Eigentlich. Aber der Wind trieb das Schlauchboot immer weiter vom Ufer weg, so dass die Zuhörer sie schließlich nicht mehr hören konnten. Da Berta Babbelbergle nur nach vorn zu ihrem Publikum sah, merkte sie leider nicht, dass der Wind sie langsam aber sicher ins Schilf trieb. Ins Schilf, in dem gerade die Wildenten und Schwäne brüteten. Als das Boot dort in ihr Brutgebiet eindrang, attackierten diese natürlich sofort Boot und Autorin. Welcher die Flucht nur schwer blessiert gelang.

Das Publikum tobte vor Begeisterung über diese hochdramatische Einlage und schwor sich nach zwei so unterhaltsamen Lesungen künftig keine einzige mehr zu verpassen und die Lesungen komplett per Handy oder Kamera aufzunehmen.

Wenn Sie mal auf der Gartenschau großen Horden von Leuten mit Fotoapparaten, Filmkameras und Stativen begegnen, sind diese wohl auf dem Weg zur Lesung am See

Lesetipp:

Ralf Neubohn und Michael Kerawalla:
„Galaabend für die Gartenschau"

Die folgenden Textproben sind von Ralf Neubohn:

Sensation

Als ich mich eines Tages nach einer Lesung bei den Kuben auf den Heimweg machte, erfüllte mich noch lange danach eine große Zufriedenheit. Nichts, aber auch gar nichts ist so schön, wie auf der wunderbaren Gartenschau zu lesen. Plötzlich riss mich ein außergewöhnlicher Anblick aus den Gedanken. Ein ungeheuer großer Fluss mündete in die Rems. So breit, wie der Amazonas. Ob es darin auch Kaimane gab? Oder gar Piranhas? Welcher gewaltige Strom mündete überhaupt hier in die Rems? Der Neckar? Aber der war doch nicht so ein gewaltiger, reißender Strom? Rätselhaft. Noch nie hörte ich von diesem beeindruckenden Naturereignis. Daheim schlug ich in mehreren Waiblinger Büchern über dieses Wunder nach, auf der Suche nach dieser gigantischen Überraschung. Dann fand ich endlich die Wahrheit. Nicht zu glauben. Die völlig verblüffende Antwort lautete: Kätzenbach! War der echt so groß? Hatte ich zu lange in der heißen Sonne vorgelesen? Die Leser dieses Buches können bei ihrem nächsten Besuch der Gartenschau selbst nachprüfen, welche der beiden Lösungsmöglichkeiten die Richtige ist.

Mooropfer?

Herr Richard T. Odschläger legte den Gruselroman zur Seite. „Wirklich", dachte er. „Wer glaubt schon an Sumpfgeister, Moorhexen und an das Wiedererwachen von rituell ermordeten Mooropfern?" Ein kühler Wind blies darauf durch den heiligen Hain. Heiliger Hain? Ich wollte sagen, durch die Kunstlichtung auf der Gartenschau. Er versuchte seine Nerven durch das Lesen von „Neubohns Krimihäppchen" zu beruhigen, aber die aufregenden Morde darin bewirkten das Gegenteil. Herr T. Odschläger las so gebannt, dass ihm die einbrechende Dunkelheit nicht rechtzeitig auffiel. Als er Neubohns Buch beiseite legte, verspürte er einen kalten Schauer auf dem Rücken. Das sichere Zeichen von Unheil. Aber hier waren doch wohl keine Mörder aus Neubohns Krimis unterwegs? Vielleicht doch? Aber noch mehr beunruhigte ihn das Gruselbuch von vorher. Ist die Talaue nicht früher sumpfiges Gebiet gewesen? Könnte es hier nicht doch Mooropfer, Sumpfgeister und Moorhexen geben? Fanden nicht die Ritualmorde in heiligen Hainen statt? Spähten nicht zwischen Bäumen mordlustige Augen nach ihm? Auf dem Gehweg erklang höhnisches Lachen. Kicherten nicht so Hexen? Vorsichtig blickte das nervöse Nervenbündel zu den beiden Gestalten, die in seine Richtung liefen. Sie trugen Besen! Also doch Hexen! Da blieb nur die Flucht! Von Panik gehetzt floh der Held dieser Geschichte weg von diesem ehemaligen Auengebiet. Rannte wie von Furien gehetzt Richtung Sicherheit. Überall begann es unter Bäumen zu rascheln, mordlustige Augen schienen nach ihm zu schauen. Baumzweige griffen nach ihm!

Wie durch ein Wunder entkam Herr T. Odschläger. Tage später fiel ihm Neubohns Buch: „Flammenfeder live von der Gartenschau" in die Hände und die mythologischen Stellen darin bestätigten ihn in der Ansicht, dass Moorhexen auf der Talaue ihr Unwesen trieben.

Überall erzählte er von seinen Schrecken. Eines Tages kam diese Erzählung auch zwei Straßenfegerinnen zur Kenntnis, die kichernd meinten: „Wir haben dort Nachts nie Hexen gesehen. Wir sahen aber oft Pärchen, die wohl anderes als Hexerei im Kopf hatten. Einmal sahen wir auch einen Verrückten, der in tiefer Nacht wild schreiend durch das Gelände rannte."

Rätselhafte Wunder

Bei vielen Gartenschauen wunderten sich die Besucher, warum jedes Mal früh morgens die Gehwege völlig unter Wasser standen. Wo kam nachts nur das viele Wasser her? Nächtliche Regengüsse kamen als Erklärung nicht in Frage, da die Blumenbeete und Wiesen keinerlei Feuchtigkeit aufwiesen. Aus diesem Grund schied auch die Möglichkeit aus, dass die Gärtner zuviel Wasser zum Blumen gießen verwendeten.

Dieses Rätsel beschäftigte schon viele Menschen. Doch als Autor von acht Gartenschaubüchern bin ich sozusagen Experte und dem Wunder auf die Spur gekommen. Um diese Lösung praktisch zu testen, schlich ich mich mit einer Infrarotkamera auf ein Gartenschaugelände, versteckte mich abends auf einem Baum und wartete gespannt. Die Zeit verging, nichts passierte. Hatte ich mich trotz meiner großen Erfahrung getäuscht? Die Temperatur sank, ich fror furchtbar. Sollte ich geschlagen heimgehen, bevor ich mich erkältete? Nein, für meine Gartenschau-Trilogie musste ich Fakten über diese seltsame Angelegenheit sammeln. Da! Der Fluss warf immer mehr sich verstärkende Wellen! Höher und höher schlugen sie. Zum Schluss bis hoch zum Gehweg. Aus den Wellen entstiegen Wassermänner und Nixen, welche dann über die überfluteten Gehwege staunend und bewundernd an den Blumenbeeten vorbeiflanierten. Nach einer Weile stiegen sie zufrieden seufzend in die Wellen und zogen sich mit dem Wasser zurück. Nichts kündigte mehr von ihrem Besuch, als nasse Gehwege. Sollten Besucher im Jahre 2019 oder 2020 bei einer Gartenschau auf feuchte Gehwege stoßen, so hat sich vielleicht dieser geheimnisvolle Besuch wiederholt. Denn es könnte ja sein, dass auch in anderen Seen oder Flüssen geheimnisvolle Blumenliebhaber leben.

Freude

Für mich sind Gartenschauen immer eine große Freude, eine Überraschung, auf die ich mich schon lange vorher freuen kann. So, wie in der Kindheit auf Weihnachten. Und sind dann z.B. die schönen Gartenschauen 2019 vorbei, kommen schon bald die vielversprechenden Gartenschauen von Überlingen und Ingolstadt. Während ich also genussvoll durch die aktuellen Gartenschauen schlendere, kann ich mich schon vorab auf die folgenden freuen.

Und es ist auch spannend: Lahr und Würzburg haben 2018 Maßstäbe gesetzt. Können 2019 die Gartenschauen mithalten? Was werden sie gleich oder anders machen? Wie werden 2020 die Veranstalter ihr Konzept angehen? Ähnlich wie 2018 oder wie 2019? Oder ganz anders? Es bleibt spannend!

Gartenschau Trilogie

Nach dem Buch ist vor dem Buch, wie es für Autoren wie mich passenderweise heißt. Meist beginne ich nach der Beendigung eines Buches sofort ein neues zu schreiben. Manchmal einfach ein unterhaltsames Buch, gelegentlich aber auch ein Buch, dessen Thema mir sehr wichtig ist. So, wie die Bücher der Gartenschau Trilogie. Denn ich finde es sehr beeindruckend, dass sich an der Rems 16 Städte und Gemeinden für ein gemeinsames Projekt entschieden haben. Ein sehr wichtiges, großes Ereignis.

Aber auch die Gartenschau in Heilbronn versprach schon im Vorbereitungsstadium Außerordentliches. Eine unvergleichliche Blütenpracht in stilvollem Ambiente. Diese beiden Gartenschauen wollte ich unterstützen, für sie werben. Aber wie? Ein reines Fachbuch über diese beiden Gartenschauen? Ein Bildband? Nein, ich entschied mich bedauernd dagegen. Zweifellos gab es in den zahlreichen Medien schon viele Berichte darüber und wahrscheinlich arbeitete auch bereits jemand anderes an derartig wichtigen Büchern. Aber was blieb mir dann? Wie konnte sonst für die Gartenschauen geworben werden? Wie sollten die Bürger neugierig auf diese Veranstaltungen gemacht werden? Wie ihr Interesse geweckt? Lange überlegte ich. Es lag mir sehr am Herzen, diese beiden außerordentlichen Veranstaltungen indirekt zu unterstützen. Da kam mir die Erleuchtung: Mit unterhaltsamen, heiteren Texten, in denen einiges von den Höhepunkten der Gartenschauen vorkam. Etwa die Kuben, die Remsterrassen usw. Die heiteren Texte sollten die Leser zu den Gartenschauen locken, um sich selber ein Bild der erwähnten baulichen Höhepunkte zu machen. Und es funktionierte. Schon viele Leute sagten mir im Vorfeld der Gartenschauen: „Als ich Ihre beschwingten Texte las, wurde ich sehr neugierig und wollte das Gartenschaugelände unbedingt mit eigenen Augen sehen. Mich davon überzeugen, ob die Anlagen dort wirklich so schön sind."

Und mehr wollte ich mit den vielen Büchern zu den Garten-schauen nicht erreichen. Die verschiedenen Textarten: Krimi, heitere Kurzgeschichten, Fantasy wählte ich deshalb, weil ja jeden Leser was anderes anspricht.

So viele Bücher zu schreiben war wirklich sehr harte, zeitraubende Arbeit. Doch jeder einzelne zusätzliche Besucher, den es zu den Gartenschauen bringt, hat diesen Arbeitseinsatz gerechtfertigt.

Große Anerkennung

Die Gartenschau 2019 an der Rems hat einen sehr, sehr großen Pluspunkt. Es wurde wert auf Nachhaltigkeit gelegt. Die Baumaßnahmen wie z.B. die Kuben, die Rems-Terrassen, die Kunstlichtung kommen den Bürgern auf lange Sicht zu gute. Noch Jahre nach der Gartenschau können diese Projekte von den Bürgern sinnreich genutzt werden. Diese Nachhaltigkeit ist sehr wichtig, da es den Kulturraum Rems bereichert.

Was ebenfalls sehr gut ist: Die Bauwerke können ganz allgemein genutzt werden oder auch als Hintergrund für spezielle Veranstaltungen. Sie sind also universell nutzbar und somit besonders wertvoll. Den Verantwortlichen daher an dieser Stelle ein sehr großes Lob!

Lesetipp:

Ralf Neubohn:
„Herzlich willkommen Gartenschau"

Drama um Herrn Besser-Weiss

Der Oberstudienrat Herr von und zu Besser-Weiss gehörte zu der Sorte der besonders pedantischen-rechthaberischen Menschen.

Aus irgendwelchen dunklen Gründen gelang es ihm, bei der Gartenschau eine Führung zu veranstalten. Die ihm anvertrauten Besucher stöhnten bald über seine trockene, belehrende Art. Diese einfach „oberlehrerhaft" zu nennen, wäre stark untertrieben gewesen. Als es ihm schon nach 30 Minuten erfolgreich gelungen war, den Besuchern jede Freude am Leben und an der Gartenschau zu nehmen, hielten sie an einem besonders schönen Pflanzenbeet.

Herr Besser-Weiss dozierte über die Wirkung von Heilpflanzen und wie sie schon seit Jahrhunderten die Menschen von ihren Leiden befreiten.

Erst kicherte ein Mädchen leise, bevor alle anderen laut schallend zu lachen begannen. Dem Oberstudienrat blieb vor Verblüffung die Spucke weg. Dass er Menschen zu Tode langweilte, machte ihm stets viel Freude. Aber dass er diese zum Lachen brachte, verwirrte ihn. Eine junge Frau gluckste kichernd: „Stimmt. Mit diesen Pflanzen wurden sicherlich schon viele Menschen von ihren Leiden erlöst."

Erst jetzt las Herr Besser-Weiss die Pflanzennamen: Schierling, Roter Fingerhut, Wolfsmilch, Küchenschelle, Tollkirsche, Herbstzeitlose und Bilsenkraut. Vor Scham wurde er so rot wie der Fingerhut und hätte am liebsten alle Pflanzen des vor ihm ruhenden Giftpflanzenbeetes gegessen!